Why So Scared?

2023. 7

양심

양심

전건우

위즈덤하우스

무서운 이야기 하나 해줄까?

　열대야였다. 밤인데도 바깥 기온이
26도였다. 바람도 안 부는데 습도까지 높아
숨을 쉬는 것만으로도 인중에 땀이 고이는,
무더운 밤이었다. 회전할 때마다 신음을
토해내는 낡은 선풍기로는 도무지 더위를
달랠 수 없었다. 달래기는커녕 끼익끼익 하는
그 소리를 듣고 있으려니 저기압이 몰려오듯
마음속 저 깊은 곳에서부터 슬금슬금 불쾌한

감정이 올라왔다. 누구에게라도 온갖 불평을
쏟아내기 딱 좋은 상황이었다.

　아닌 게 아니라 나는 불평 중이었다.

　"김 팀장 그 여자, 진짜 짜증 나! ·
죽여버리고 싶어!"

　3개월 전에 경력직으로 입사해 바로
팀장을 단 그 여자는 여러모로 눈엣가시였다.
나보다 두 살이나 어리면서 팀장이랍시고
반말하는 건 그렇다 쳐도 사사건건 잔소리를
해대는 건 정말 참아주기 어려웠다. 거기다가
김 팀장은 그 잔소리 끝에 꼭 "몰라서 그런
거면 그냥 넘어갈게"라는 말을 덧붙였다.
다 아는 듯 말하는 그 태도에 더 부아가
치밀었다.

　오늘만 해도 그랬다. 인쇄소에 넘기기
전 마지막으로 교정을 보는 건 당연한
절차였다. 물론 일정이 상당히 밀린 상태였고

출간일까지 며칠밖에 남지 않았다는 것쯤은
알고 있었다. 그럼에도 교정을 한 번 더 본
것은 최대한 실수를 줄이기 위해서인데 김
팀장은 그걸 가지고 걸고넘어졌다.

"아주 한가한가 봐?"

"아니…… 그게 아니고……."

이상하게도 김 팀장 앞에 서면 주눅이
들고 만다. 그 점도 짜증스러웠다. 아무튼, 김
팀장과 관련한 모든 상황이 다 싫었다.

"완벽한 상태로 책을 내는 곳이 어디
있어? 그것보다는 작가, 그리고 독자와의
약속이 더 중요하다는 거 몰라? 뭐, 몰라서
그런 거면 그냥 넘어갈게."

"죄송합니다."

나는 그렇게 사과를 하고서야 김 팀장의
잔소리에서 벗어날 수 있었다. 독자와의
약속도 지키지 못한 사기꾼에다가 상식도

없는 머저리가 된 후였다. 나는 신물처럼 올라오는 모멸감과 분노를 남몰래 삼켜야 했다. 말 그대로, 속이 쓰렸다.

"근데 그것뿐만이 아니야!"

그렇다. 그것뿐만이 아니었다. 퇴근 직전에 총무과 최 대리에게 충격적인 말을 들었다. 김 팀장이 반대해 결국 이번 승진에서 내가 누락되었다는 말이었다. 내가 무능력하다는 게 그 이유였단다. 나는 분노를 이기지 못해 집으로 돌아오는 내내 씩씩거렸고 결국 터져버린 것이다.

"김 팀장만 사라진다면 좀 더 행복할 텐데……."

바로 그럴 때 K가 물은 것이다. 참고로 K는 내 애인이다.

"갑자기 웬 무서운 이야기?"

K는 이야기, 특히 무서운 이야기 같은

것과는 어울리지 않는 사람이었다. 굳이
따지자면 눌변에 과묵한 축에 속했고,
뼛속까지 이과라 내가 곧잘 관심을 보이는
오컬트니 초능력이니 하는 것들에도 늘
시큰둥한 반응이었다.

그런 K가 무서운 이야기 운운하니 의아할
수밖에. 물론 무서운 이야기가 꼭 이상한
존재나 현상과 관련 있는 건 아니겠지만 나는
희한할 정도로 번들거리는 K의 눈빛에서
평소와는 다른 기운을 느꼈고, K가 하려는
이야기 역시 평소와는 다르리라 확신했다.
아니나 다를까, K는 책상 의자에서 몸을 돌려
앉더니 다시 한번 물었다. 마치 무슨 일이
있어도 이야기를 하고야 말겠다고 다짐한
사람처럼 결의에 찬 표정을 하고서.

진짜 무서운 이야긴데 들을 거야, 말 거야?

"직접 경험한 거야?"

내가 묻자 K는 물론이라는 듯 고개를 끄덕였다. 하긴, 인터넷에서 떠도는 이야기를 굳이 가져와 떠들 성격도 아니었고 이야기를 꾸며낼 재주가 있는 것도 아니니 직접 겪은 것이리라. 그럼에도 나는 미심쩍은 마음을 달랠 길이 없었고 역설적이게도 그래서 더 K의 무서운 이야기를 들어보고 싶었다. 잠이란 녀석은 이미 달아나버렸고, 한밤의 더위는 정점을 향해 치닫는 상황이었다. 그건 한동안은 잠자기 글렀다는 뜻이었다. 이런 밤에 애인이 해주는 무서운 이야기를 들어보는 것도 나쁜 일은 아닐 것이다. 어쩌면 또 모르지. 미처 몰랐던 K의 새로운 모습을 발견하게 될지도. 동거한 지 1년이 되어가는 우리는 텅 빈 주머니처럼 속이 뻔히 들여다보이는 상대방의 모습에 조금씩 싫증을 내고 있던 참이었다. K의 마음도 내 마음과 그리 다르지 않다는 걸 나는 알고 있었다. 처음에는 빈 주머니의 담백함과 단출함이 좋았지만 가끔은 손을 찔러 넣었을 때 의외의 뭔가가 달려 나왔으면 좋겠다는 생각을 하게 된 것도 벌써 꽤 오래전부터였다.

"좋아. 들려줘."

내가 말하자 K는 그럴 줄 알았다는 듯 슬쩍 웃었다. 그 미소가 묘하게 마음에 걸렸지만 나는 이야기를 들어보기로 했다. 활짝 열어놓은 창문으로 바람 한 줄기가 찔끔 불어 들어왔다가 선풍기의 신음에 놀랐는지 금세 사라져버렸다. K는 오목하게 잠긴 방 한구석의 어둠을 응시하며 이야기를 시작했다.

몇 년 전의 일이야. 대학원생 시절. 너를

모르던 때였지. 아무튼, 그해 여름도 지금처럼 더웠어. 연일 열대야가 계속됐지. 고작해야 잡지 한 권 정도 크기의 창문밖에 없었던 내 원룸은 누워 있으면 뇌가 흐물흐물 녹아내릴 정도로 늘 끓어올랐어. 그때는 지금보다 훨씬 더 말랐는데도 땀을 엄청나게 흘렸지 뭐야. 그 작은 창문을 똑똑히 기억해. 창을 열면 우리 집에 딱 붙은 옆 건물 벽이 보였거든. 그해 여름에는 그런 좁은 틈 사이로 불어 들어올 만큼 바람의 양이 넉넉하지 않았나 봐.

사건이 터진 그날 밤도 그랬어. 창문은 물론이고 방문까지 활짝 열어놓았지만 조금도 시원하지 않았어. 선풍기가 있었던 것도 같은데 잘 기억이 안 나. 그만큼 더웠거나, 아니면 내가 그만큼 제정신이 아니었거나 둘 중 하나일 거야. 확실한 건 에어컨을 놓을 형편이 되지는 않았다는 거야. 지금 우리처럼 말이야.

　나는 잠들지 못하고 계속 뒤척였어. 온몸이 끈적끈적했지. 이대로라면 또 잠을 설칠 게 뻔했어. 그러면 아르바이트를 할 때 고생할 것도 뻔했고. 결국 일어나서 화장실로 향했어. 찬물에 샤워라도 하면 조금은 시원하겠지 싶었거든. 그때가 아마 깊은 새벽이었을 거고 그래서 무척 조용했어. 뭐라고 할까, 모두 어디론가 사라져버린 것 같았지. 그 낡은 원룸 건물 전체가 텅 빈 것 같았다면 설명이 될까?

　샤워를 하는 동안에는 아무 문제가 없었어. 쏟아져 내리는 찬물을 멍하니 맞고 있으니 아무래도 더위가 가시는 것 같았지. 물론 살짝 미끄러지면서 벽에 머리를 부딪치기는 했지만 그건 작은 해프닝이었어. 별로 아프지도 않았거든.

진짜 곤란한 일은 몸을 다 닦고 속옷까지 챙겨 입은 후에 발생했어. 화장실 문이 열리지 않는 거야. 아무리 세게 잡아당겨도 마찬가지였어. 문고리가 고장 났는지 절대 안 열렸어. 황당하더라고. 문을 부순다는 건 선택지에 없었어. 변기 뚜껑이나 샤워기 헤드 같은 걸로 세게 내려치면 문고리가 떨어져 나갈 것도 같았는데, 그건 일을 너무 크게 만드는 것 같았거든.

잠시 숨을 고른 후 다시 문을 당겼어. 안 열리더라고. 너도 알겠지만, 나는 언제나 이성적인 사고를 하려고 노력하지. 그때는 더 심했어. 내가 처한 상황을 객관적으로 파악하고 그에 맞는 효과적인 행동을 하는 게 삶에 배어 있었지. 그날 밤도 그래야 했어. 그래야 했는데…… 뭐라고 할까, 나는 아주 엉뚱한 행동을 하고 말았어. 그냥 변기에 앉아버린 거야.

변기에 앉아서 뭘 했느냐고?

아무것도. 그저 앉아만 있었어. 한참
그러고 있으면 저절로 문이 열리기라도 할
것처럼 나는 멍하니 앉아 맞은편 벽을 바라만
봤어. 샤워를 한 보람도 없이 금세 다시 땀이
흘렀어. 시간이 더 흐르기 전에 문을 부수는
게 맞는데 왜 그리 바보처럼 앉아 있었을까?
지금에 와서 생각해보면 그건 일종의
본능이었던 것 같아. 아니, 직감이라고 할까?

알아. 내가 본능이니 직감이니 하는
단어들과 어울리지 않는다는 거. 다만 그때는
그랬어. 그런 낯설고 어색한 모든 것들이 쉽게
받아들여질 만큼 이상한 밤이었거든. 그리고
곧…… 그 밤은 무섭게 변했지.

무언가가 나타났거든.

먼저 찾아온 건 소리였어. 기괴한

소리였지.

　찌이익.

　굳이 표현하자면 이런 소리였어. 유리에
붙은 뭔가를 떼어낼 때 나는 소리 있잖아.
소리는 다시 들렸지. 찌이익, 하고. 나는
변기에 앉은 채로 가만히 귀를 기울였어. 무슨
소리인지 짐작도 할 수 없었지만 하나만큼은
분명했거든. 그건…… 꽤 기분 나쁜 소리였어.
처음 듣는 소리였기 때문만은 아니야. 그
소리에는 신경을 자극하는 뭔가가 있었지.
땀 젖은 맨살에 장판이 쩍쩍 달라붙을
때의 그 느낌 알지? 아니면 오래 반창고를
붙여놓았다가 잔뜩 짓무른 후에야 떼어낼
때의 그 느낌.

　그런 느낌이 소리를 타고 온몸을
더듬었어. 소름이 돋았지. 뭔가, 아주 불길하고
안 좋은 일이 벌어지고 있는 것만 같았어.

나는 결코 겁이 많은 편은 아니지만 그때만큼은 잔뜩 긴장했고, 그래, 솔직히 말해 정말 무서웠어. 찌이익 소리와 함께 나를 둘러싼 세상이 뒤틀리고 있다는 느낌을 받았거든. 조금 더 정확히 말하자면 찌이익, 하고 누가 나를 떼어내는 것만 같았어. 세상에서 말이야.

물론, 도둑이나 강도가 들어온 게 아닐까 의심하긴 했어. 그게 상식적이니까. 가난한 학생들이 모여 사는 원룸이라 해서 그런 범죄가 일어나지 말란 법은 없으니까. 하지만 아니었어. 문 너머의 그것, 7평짜리 좁은 내 방 안을 돌아다니는 존재는 절대 인간 따위가 아니었어. 그 사실을 깨닫는 순간 나는 완전히 알아챘지. 똑똑히 기억나. 그러니까, 방에서 들리던 정체불명의 소리, 열대야가 무색하게 오싹한 기운이 맴돌던 화장실, 가에서부터

검게 변하기 시작해 이제 곧 반짝임을 다할
것 같던 회백색 형광등 같은 것들까지 말이야.
그리고 내가 알게 된 것도……

정말로, 그게 찾아온 거야.

"그게 뭐야?"

나는 K의 말을 끊으며 물었다. 그럴
수밖에 없었다. '그게' 뭔지 궁금하기도 했지만
무엇보다 K가 걱정됐기 때문에. K는 거의
숨도 쉬지 않고 말을 쏟아냈다. 한 번도 본 적
없는 모습이었다. 게다가 빛이 없는데도 K의
얼굴만은 이상할 정도로 붉고 번들거렸다.
그 모습이, K의 말을 빌리자면 아주 불길해
보였다.

"그게 뭐냐니까?"

다시 물었다. 나도 모르게 목소리가
조금 높아졌지만 K는 그 사실조차 깨닫지

못하는 것 같았다. 그저 멍하니 허공을 응시할 뿐이었다. 미친 듯이 말을 쏟아내던 조금 전의 모습은 한여름의 아지랑이처럼 소리도 없이 사라졌다. 반쯤 벌어진 입은 미처 끝내지 못한 말이 있는 것처럼도 보였고, 새로운 말을 시작하려는 것처럼도 보였다. K는 한동안 같은 자세로 입만 벌리고 있다가 천천히 나를 향해 고개를 돌렸다. 그러고는 말했다.

그것의 이름을 말하면 절대 안 돼.

나는 한숨이 나오려는 걸 간신히 참았다. 맥이 풀렸다고 할까, 아니면 김이 샜다고 할까. 서로 조금씩 멀어지면서 팽팽하게 당긴 끈을 K가 일방적으로 놓은 느낌이었다. 이야기의 초반은 흥미로웠다. 긴장감도 있었다. K의 태도가 이상했기 때문이기도 했지만 어쨌든 오싹한 구석이 있었던 것도 사실이었다. 하지만…… 이름을 말해선 안 된다는 '그것'에 이르자 모든 게 너무 뻔해졌다. 그런 식의 괴담은 인터넷에 차고 넘쳤다. K가 조금 더 노련한 이야기꾼이었다면 상투적인 그 부분은 뺐을 텐데 하는 생각에 이르자 아쉬움은 더 커졌다.

안 믿는구나.

K는 스윽 웃으며 말했다. 그럴 줄 알았다는 투였다. 딱히 아쉬워하거나 짜증을 낸다거나 하는 것도 아니었다. 오히려 쓸쓸해하는 것 같았다.

"아니 뭐, 안 믿는다는 건 아니고……."

애매하게 대답할 수밖에 없었다. K의 행동이 선뜻 이해되지 않았다. 그냥 어딘가에서 들은 이야기라고 하면 될 텐데 굳이 직접 경험했다는 것도 그렇고, 잔뜩 분위기를 잡은 것도 그렇고 아무튼 평소의 K 같지 않았다. 게다가 K는 여전히 이야기를 계속할 생각인 듯했다. 마치 준비해온 말을 다 털어놓지 못하면 큰일이라도 날 것처럼 굴었다. 표정이 말해주고 있었다. 고집스레 반짝이는 두 눈에는 내가 믿든 안 믿든 상관없이 이야기를 끝내고 말겠다는 의지가 담겨 있었다.

"좋아."

결국 나는 그렇게 말했다.

"계속해봐. 이제 중간에 안 끊을게."

K는 고개를 까딱했다. 그럴 줄 알았다는 듯 희미한 미소를 지으면서. 반대로 눈은 전혀 웃고 있지 않았다. 그 눈과 입 사이의 괴리감보다 K와 내 사이가 몇 배는 더 멀어진

것 같았다. 순간, 머릿속 어딘가에서 찌이익
소리가 들렸다. 한 번 더 K의 말을 빌리자면
누가 나를 떼어내는 것만 같은 소리가……

그 소리를 듣고 잠시 당황하고 있을 때
K는 다시 이야기를 시작했다.

그것에 대해 설명하자면 그 전날 저녁
이야기를 해야 해. 아니다. 최 씨 이야기를
먼저 해야겠구나.

내가 노숙자 쉼터에서 아르바이트했다는
이야기, 전에 했던가? 아마 안 했겠지. 그건
누구도 모르는 일이야. 노숙자 쉼터에는
자원봉사자들만 있는 게 아니야. 나처럼
힘들고 더러운 일을 주로 하며 돈을 받는
아르바이트생들도 있었지. 나는 대개
청소나 빨래 같은 걸 했어. 식사 시간에는
배식을 담당할 때도 있었지. 잡일은 모두 내

차지였다고 보면 돼.

　　노숙자 쉼터에 자주 오는 이들 중에
최 씨라 불리는 사람이 있었어. 진짜 성이
'최'인지는 알 길이 없지만 아무튼 다들 그를
두고 최 씨라 했어. 나도 최 씨 아저씨라
불렀지. 그 사람은 다른 노숙자와 좀 달랐어.
술에 취해 있지도 않았고 상스러운 말이나
쓸데없는 투정 같은 걸 뱉는 사람도 아니었어.
그래서일까, 최 씨는 노숙자들 사이에서도
따돌림을 당했지. 배식을 받을 때도 최 씨는
종종 새치기를 당했는데 그런 순간에도 불평
한마디 내뱉지 않았어.

　　그러던 어느 날이었어.

　　노숙자들에게 맞고 있는 최 씨를
발견했지. 쉼터 뒤편 으슥한 곳이었어. 다들
거기서 담배를 피우거나 몇 명씩 모여서 동전
던지기 같은 걸 했거든. 거기에 왜 최 씨가

끼어 있었는지는 모르겠지만 아무튼 바닥에
쓰러진 채 심하게 구타를 당하더라고.

"그만하세요!"

나는 최 씨를 밟고 때리는 노숙자들
사이에 끼어들어 당장 말렸어. 최 씨가 많이
다쳤더라고. 내 일은 아니었지만 발견한
게 나라서 그대로 구급차를 불러 병원까지
같이 가게 되었지. 응급실에서 치료를 마친
최 씨는 입원은 한사코 거절했어. 그 정도로
자기 고집을 내세우는 건 처음이었기에
나도 알겠다고 했지. 그런 뒤 같이 설렁탕
한 그릇을 사 먹었어. 물론 돈은 내가 내고
말이야. 설렁탕을 몇 숟갈 뜨던 최 씨가 문득
이런 말을 했어.

"보답을 하고 싶은데……."

의외의 말이어서 나도 모르게 놀란
표정을 지었나 봐. 오히려 최 씨가

당황하더라고.

"아니, 싫으면 괜찮아요."

맞아. 그랬어. 최 씨는 다른 사람들에게는
물론 한참 어린 내게도 꼬박꼬박 존대를 했지.
보답이라 해봐야 별것 아니겠지만 사람의
성의를 무시하면 안 되잖아. 적어도 난 그렇게
배웠거든. 그래서 웃으며 대답했어.

"좋습니다. 보답이 뭔지는 모르겠지만
기꺼이 받을게요."

"아이고, 감사합니다."

최 씨는 고개까지 숙이며 고마워했어.
마치 내가 큰 호의라도 베푼 것처럼. 나는 최
씨가 주머니에서 뭔가 꺼내지 않을까 싶어
보고 있었어. 보답이라 해봐야 담배 한 개비나
사탕 한 알 뭐 이런 게 아닐까 싶었거든.
그런데 말이야…… 최 씨는 설렁탕 그릇에
긴 수염이 닿을 듯 상체를 숙여 내게 얼굴을

들이밀고는 이렇게 말했어.

"그렇다면, 제가 딱 한 사람 죽여 드릴게요."

"네?"

잘못 들었나 싶었지. 최 씨는 큰 눈을 껌벅이며 나를 바라봤어. 나는 어색하게 웃으며 다시 물었어.

"뭐라고 하셨어요?"

최 씨는 표정 하나 변하지 않고, 목소리만 조금 더 낮춰서 또 말했어.

"원하시면 딱 한 명, 제가 죽여드릴게요."

잘못 들은 게 아니었어. 최 씨가 농담을 하는 것 같지도 않았지. 아니, 애초에 그런 것 가지고 농담을 할 사람도 아니었어. 그럴 상황도 아니었고, 물론. 딱 하나 생각해볼 수 있었던 건 머리가 이상해진 게 아닐까, 하는 거였지. 그렇지 않고서야 누군가를 죽이겠다는 말을 내뱉지는 못할 테니까.

적어도 내 상식으로는 그랬어.

나는 무슨 말을 해야 할지 몰라 슬그머니 고개를 숙였어. 뚫어지게 날 바라보는 최 씨의 시선이 부담스럽기도 했거든. 분명 더 하고 싶은 말이 있는 눈치였어. 아니나 다를까, 내가 아무런 반응도 보이지 않자 최 씨가 다시 이야기했지.

"죽이고 싶은 사람이 한 명도 없습니까?"

공교롭게도 말이야, 그 당시 나는 죽이고 싶은 사람이 있었어. 놀랐니? 하지만 거짓말을 할 순 없지. 그야말로 죽이고 싶던 사람이, 내게는 있었어. 그 작자는 당시 내 지도교수였어.

박 교수는 학계에서 평판도 좋았고 논문 실적도 꽤 훌륭했어. 학생들 사이에서 인기도 많았기에 그가 내 지도교수가 되었을 때는

나도 무척 기뻤지. 하지만 기쁨은 오래 가지
못했어. 그 작자는 나를 종처럼 부렸거든.
사소한 심부름이야 할 수도 있지만 자기 아들
이사나 어머니 병원 모시고 가는 일 같은
것들도 전부 내게 맡겼고. 그것만이 아니었지.
결정적으로, 그자는 내 논문을 가로챘어. 내가
밤잠 설쳐가며 쓴 걸 자기 논문으로 만들고는
이런 말을 했어.

  "나중에 다 챙겨줄 테니 걱정하지 마. 이게
다 자네 잘되라고 하는 거니까."

  더 뻔뻔하게 나왔다면 분노나 실망은
했을지언정 살의는 품지 않았을 거야.
정말이야. 나는 그 말을 듣는 순간 박 교수를
죽이고 싶을 정도로 미워하게 됐어.

  자, 그 같은 상황이었으니 최 씨의
질문에 나는 당황할 수밖에 없었어. 농담
그만하시라고 무시하면 되지 않았느냐

생각하겠지만 당시 분위기는 그게 아니었어.
그때의 최 씨는, 뭐라고 할까…… 내 속을
모두 꿰뚫고 있는 것 같았지. 거짓말을 하면
화를 입을지도 모른다는, 근거 없는 찜찜함이
싹트기도 했어. 그래서 나는 사실대로
대답하고 말았어.

"아니요, 있긴 하지만……."

"그럼 제가 죽여드리겠습니다."

"설마 진짜 살인을 하겠다는 건 아니죠?"

최대한 웃으려 애쓰며 그렇게 물었어.
그제야 최 씨는 자기 자리에 엉덩이를 붙이고
앉았지. 물론 진지하기 짝이 없는 표정은
그대로였어. 이미 설렁탕은 식기 시작했어.
기름이 둥둥 떴지. 하지만 나도, 그리고 최
씨도 더 이상 숟가락질을 하지 않았어.

"아닙니다. 죽이는 건 제가 아니에요."

"아……."

안도감이라고 해야 할까, 아무튼 그런 감정이 밀려왔어. 최 씨의 말을 듣고 내 머릿속에 떠오른 건 그거였거든. 이 늙은 노숙자가 박 교수를 향해 흉기를 들고 달려드는 이미지. 그게 아니라면 다행이긴 한데 그렇다면 또 의문이 생겼지.

직접 하는 게 아니라면 무슨 수로 죽이겠다는 거지?

그래. 인정해. 전혀 나답지 않았다는 걸. 그 순간의 나는 최 씨 말을 거의 믿고 있었어. 별다른 의심도 안 했지. 어떻게 그럴 수 있었는지 묻는다면 글쎄, 나도 뭐라 대답할 말이 없긴 해. 무언가에 홀렸다는, 지극히 비과학적인 변명을 늘어놓을 수밖에 없겠네. 아무튼 내 얼굴에 떠오른 의문을 읽었는지 이내 최 씨가 말했지.

"제가 무고를 하면 그것이 가서 죽입니다."

'무고'라는 낯선 단어를 들었지만 그게 뭔지 물어볼 생각도 못 했어. 나중에 알아보니 무고(巫蠱)는 저주의 다른 말이었어. 즉, 최 씨는 저주로 누군가를 죽일 수 있다고 한 거야. 당시에는 그걸 몰랐기에 '그것'이 뭔지만 궁금해했어. 내가 묻자 최 씨는 대답 대신 이렇게 말했지.

"진심으로 원한다면, 그렇게 할게요."

진심으로 원했어. 나는 진심으로 박 교수가 죽기를 바랐지. 하지만 역시 저항감이라는 게 생기더라고. 누굴 죽여달라고 내 입으로 말한다는 게 영 껄끄러웠지. 게다가 미처 다 사라지지 않았던 내 이성적인 어떤 면이 미약하게나마 신호를 보내왔어. 정상적인 사고를 못 하고 있다고 말이야. 차츰 제정신으로 돌아오고 있었던 거야. 나는 애써 웃어 보였지. 그러면서 상황을 무마하려 했어.

"하하. 아무래도……."

"아무래도 직접 말하긴 곤란하겠지요.
그러니 여기에 적어주세요. 적어서,
나중에라도 제게 주시면 됩니다."

최 씨가 내 말을 끊으며 내민 것은
노란색의 얇은 종이였어.

"아……. 뭐, 뭘 적으면 됩니까?"

나는 얼떨결에 그렇게 물었지.

"그자의 이름과 생년월일이면 충분해요.
그리고 하나 더. 선생님의 깎은 손톱 하나를
동봉해주세요."

"네?"

최 씨는 설렁탕이 반이나 남았는데도
자리에서 일어났어. 그러고는 비틀비틀 걸어
식당을 빠져나갔지. 나는 멍하니 앉아 있기만
했어. 최 씨에게서 받아 든 그 노란색 종이가
너무나 무겁다는, 터무니없는 생각을 하면서

말이야.

"그래서 종이에 썼어? 써서 줬어?"

K의 이야기를 또 끊기는 싫었지만 너무
궁금해 물을 수밖에 없었다. K는 가볍게
고개를 끄덕였다. 설마 했지만 정말로
그랬다니 믿기 힘들었다. 그러고 보니 이야기
속 K의 모습은 지금과는 사뭇 달랐다. 아무리
아르바이트라고 해도 K가 노숙자 쉼터에서
일했다니 도저히 믿을 수 없었다. 그런
식으로 최 씨를 도왔다는 사실에도 깜짝
놀랐다. K는 냉철하고 차가운 사람이었다.
절대 감정에 휘둘리는 인물이 아니었다.
나와는 정반대였고, 그랬기에 나는 K에게
끌렸다. 저주로 누군가를 죽일 수 있다고 믿는
인물이었다면, 나는 K를 사랑하지 않았을
거다.

계속 이야기할까?

K가 물었다. 나는 황급히 고개를
끄덕였다. 어쨌든 끝까지 듣고 싶긴 했다.
'그것'에서 최 씨로 넘어오면서 더 황당하게
변하긴 했지만 이야기가 흥미진진한 것만은
사실이었으니까.

응, 그랬어. 나는 그 종이에 박 교수의
이름과 생년월일을 쓴 후 내 손톱까지 싸서
최 씨에게 줬어. 이틀 후…… 정도였을 거야.
그 이틀 동안 고민을 안 했다면 거짓말이겠지.
차츰 이성적인 판단을 하게 되면서 내가
하려는 짓이 말도 안 된다는 걸 깨달은
거지. 도무지 현실적이지 않았으니까. 그런
중에도 나는 최 씨 말이 거짓이라는 생각은
조금도 하지 않았어. 이상해? 그러니까 이런

거지. 남을 저주해 죽인다는 건 허무맹랑한
이야기지만, 적어도 최 씨는 그걸 믿고
있다. 그 사실에는 거짓이 없다고 생각한
거야. 그랬기에 장단을 맞춰주자 싶었어.
한편으로는 나만이 아닌 남도 같이 박
교수를 저주하면 좋겠다는 마음도 있었고.
결과적으로 그래서 최 씨 말대로 한 거야.

다음 날 저녁, 내가 퇴근할 때 최 씨가
다가와 말했어.

"끝났어요. 이제 그것이 찾아가 죽일
겁니다. 그러곤 선생님에게 가서 보고할
거예요."

"보고까지 하는군요."

맞아. 그때는 이미 반쯤 장난이었고 나는
웃음을 참으며 그렇게 대답했어. 하지만
최 씨는 부리부리한 눈을 빛내며 끝까지
진지함을 잃지 않은 채 덧붙여 말했어.

"주의 사항이 있어요. 그것이 찾아왔을 때 절대 소리를 지르면 안 됩니다. 그것의 존재를 알게 되겠지만 다른 이에게 이름을 말해서도 안 됩니다. 절대, 안 됩니다. 그리고……
타인에게 앙심을 품은 만큼 선생님의 중요한 부분도 하나 사라질 겁니다. 그것이 저주의 법칙이죠. 알겠습니까?"

최 씨는 너무나 단호하고 분명한 말투로 물었어. 나도 모르게 경직되어 "네!"라고 크게 대답할 정도로. 내 대답을 들은 최 씨는 혼자 고개를 몇 번 끄덕이다가 거리의 어둠 속으로 사라졌지.

그게 바로 '그것'이 찾아오기 전날 저녁에 있었던 일이야.

이제 이해하겠지?

화장실에 갇힌 내가 그것이 찾아왔다는 걸 깨닫게 된 경위를.

오싹했어. 비현실적인 상황이라고
생각하는 내가 있는가 하면, 그것이
실재한다는, 그래서 정말 내게 보고를 하러
왔다는 걸 인정하는 나도 있었어. 두 개의
자아가 싸우는 사이에도 그것이 내는 소리는
계속 들렸어.

찌이익.

찌이익.

나는 그 소리가 화장실 쪽으로
가까워지고 있다는 걸 깨달았지. 그랬어.
그것은 나를 찾던 거였지. 내게 보고하기
위해.

심장이 미친 듯이 뛰었어. 비현실적이라
외치던 자아는 어느새 자취를 감췄지. 그 밤,
속옷만 입은 채 화장실에 남은 건 비루먹은
개처럼 겁에 질린, 그리고 저주로 누군가를
죽일 수 있다고 믿는 나뿐이었어.

그것이 가까워지면서 다른 소리도 들렸어. 그건 '스스스' 하는 소리였는데, 풍선에서 조금씩 바람이 샐 때 날 법한 그런 소리였지. 나는 입을 꽉 다물었어. 갑자기 견딜 수 없을 정도로 한기가 들었고 그 탓에 턱이 덜덜 떨렸거든. 주먹까지 꼭 쥔 채로 화장실 문을 노려봤어. 그때는 이미 변기에서 일어나 어정쩡한 자세로 서 있었지.

잠시 후…… 그렇게도 안 움직이던 문고리가 천천히 돌아갔어.

너무 긴장해 어지러울 정도였어. 심장은 엇박자로 뛰었고 그마저도 곧 멈춰버리는 게 아닐까 싶었지. 입안과 혀가 너무 말라 마른침조차 삼킬 수 없었어.

<u>스스스.</u>

아까 말했던 그 소리가 점점 더 커졌어.

<u>스스스.</u>

스스스.

그게 일종의 숨소리가 아닐까 짐작한 순간, 화장실 문이 열렸어. 어둠 속에 그것이 우뚝 서 있었지.

음…… 뭐라고 설명해야 할까…….

내가 그때 느꼈던 공포는 너무나 선명하고 확실해서 머릿속 한 부분에 문신처럼 새겨져버렸지. 하지만 그걸 말로 설명하라면 도저히 자신이 없어. 턱없이 부족한 내 말재주로는 그 공포감의 절반도 표현하지 못할 거야. 너라면 조금 다르려나? 혹시 또 모르지. 어느 날 내가 미쳐서 정신을 놓게 된다면 마구 괴성을 질러서라도 그 순간 날 강타했던 두려움을 재현해 보일 수 있을지.

그것은 피부가 없었어. 그랬기에 시뻘건 살과 근육이 그대로 드러나 보였어. 스스스, 하는 소리는 구멍만 뚫린 콧구멍에서 나는 거였어. 당연히 눈꺼풀도 없었고 그래서 구슬처럼 둥그런 눈동자가 툭 튀어나와 뒤룩뒤룩 움직였지. 그 한 쌍의 눈알이 내게로 향했고 나는 그제야 그것의 정체를 완전히 알아챘어. 어렴풋이 짐작은 하고 있었지만 말이야.

그것은…… 나였어.

가죽은 모두 벗겨진, 오로지 앙심으로만 똘똘 뭉친 저주의 존재.

나는 비명이 터져 나오려는 걸 간신히 참았어. 최 씨의 경고가 떠올랐기 때문이야. 아랫입술을 어떻게나 세게 깨물었는지 피가 날 정도였지만 그때는 아픈지도 몰랐어.

그것이 손을 들어 나를 가리켰지. 그러고는 입술 없는 입을 벙긋거리며 말을 만들어냈어.

"그…… 죽였다. 난…… 가져간다."

찌이익.

찌이익.

찌이익.

그것은 젖은 살이 드러난 발로 타일을
밟으며 다가왔지. 내게 손을 뻗은 모습
그대로. 나는 나를 향해 입을 쩍 벌리는
그것을 보며 정신을 잃었어.

K는 거기까지 이야기한 후 나를 빤히
쳐다봤다. 나 역시 K를 봤다. 나야말로
무슨 말을 해야 할지 알 수 없었다. K의
장담처럼 무서운 이야기인 건 분명했다.
처음에 시시하다고 생각했던 내가 부끄러울
정도였다. 실제로 한없이 옥죄던 더위가
어느새 사라진 것 같았다. 팔뚝을 타고 서늘한
기운이 올라올 정도였으니. 그럼에도 한 가지
걸리는 건 K가 이 이야기를 직접 경험한

것이라 말한 부분이었다. K는 시종일관
자신의 시점으로 이야기를 풀어냈고 그걸
끝까지 고수했다. 충분히 무섭기는 했지만,
이런 괴담이 딱히 특별한 건 아니었다.

장르 소설 편집자 생활을 하다 보면
온갖 이야기를 읽게 된다. 당연히 그중에는
괴담도 있다. 일전에 내가 담당했던 한 공포
소설가의 작품집에도 비슷한 이야기가
있었다. 누군가에게 선의를 베풀었더니 그
대가로 남을 해코지하는 법을 가르쳐준다는
내용의 이야기였다. 거기서도 저주라는
단어가 나왔다. 꼭 그 작품이 아니고라도
K의 이야기와 비슷한 괴담은 수도 없이 많을
것이다.

그렇다면, K는 얼굴에 철판을 깔고 실화라
우기는 것일까?

내가 아는 K는 그럴 사람이 아니었다.

양심의 문제 같은 걸 떠나서 그런 쓸데없는
일을 할 사람이 아닌 것이다. 나라면 그런
식의 장난을 칠 수도 있고, 실제로 친구들과
만나면 '내가 직접 겪은 일인데'로 시작하는
어딘가에서 본 괴담을 늘어놓기도 하지만 K는
아니다. 그 사실만은 틀림없다.

그렇기에 머릿속이 혼란스러웠고 나는
적절한 반응을 보일 수 없었다. 결국 K가 내게
물었다.

거짓말이라고 생각해?

"그렇지는 않겠지만 사실이라 믿기에는
조금 이상하잖아. 어쩌면 네가 착각했을 수도
있고."

나는 에둘러 그렇게 말했다. 그러다가
퍼뜩 한 가지 생각이 떠올라 재빨리 덧붙였다.

"아까 그랬잖아. 화장실에서 머리를
부딪쳤다고. 그때 이미 기절을 했고 이후
내용은 전부 머릿속에서 만들어낸 게 아닐까?
꿈이라고 할까, 아니면 환각……."

K는 머리를 세차게 저었고 나는 입을
닫을 수밖에 없었다. 화가 난 걸까 걱정했지만
K는 의외로 덤덤한 표정을 한 채 말했다.

아직 내 이야기는 끝나지 않았어.

"아…… 그래? 그럼 더 해줘."

사실 뒤에 이어질 이야기는 그리 큰
기대가 되지 않았다. 아까의 그 공포 소설가가
말하길, 괴담은 애매모호할 때 끝내야 극적인
재미를 줄 수 있다. 그런 점에서 보자면 K의
뒷이야기는 사족이 될 가능성이 컸다. 그래도
나는 눈을 반짝반짝 빛내 보이며 K가 입을

열길 기다렸다. 어쨌든 짜증스러운 열대야를
이기게 해주는 것만으로도 고마웠으니까.

　　결말까지 말해주어야 네가 이 이야기를
비로소 이해할 것 같아서…….
　　나는 날이 밝아서야 깨어났어. 정신을
차린 거지. 물론 화장실 바닥이었고
뒤통수에는 큼지막한 혹이 나 있더라고.
속옷만 입은 채 맨몸으로 밤새 찬 바닥에 누워
있어서 그랬던 건지 몸살 기운에 열까지 났어.
머리는 깨질 듯 아팠고. 그래도 그것에 대한
기억만은 또렷했지. 찌이익…… 스스스, 그 두
소리가 계속 귓가에 들리는 것 같았어.
　　나는 거의 기다시피 해서 방으로 나와
매트리스에 누웠지. 그러고는 이불을 푹
뒤집어썼어. 그래도 몹시 추웠지만 나도
모르게 또 잠이 들고 말았어. 얼마나 잤을까,

나는 결국 휴대폰 진동 소리 때문에 깼어.
이미 정오가 넘어서 여름 한낮의 긴 햇살이
창문을 넘어 굼실굼실 들어왔지. 방 안은
열기로 후끈했지만 난 여전히 오들오들
떨었어. 그런 상태로 휴대폰을 확인했는데
부재중 전화가 아홉 통이나 와 있지 뭐야.
모두 대학원생 동기들의 전화였어. 나는
그중에서 제일 친하던 녀석에게 전화를
걸었지.

　"야! 너 뭐 해? 큰일 났어!"

　녀석은 대뜸 그렇게 소리쳤지.
짐작했겠지만, 난 전화를 걸 때부터 내가 무슨
소리를 듣게 될지 이미 알고 있었어. 그래도
나는 물어봤어.

　"무슨 일인데?"

　"박 교수님이 돌아가셨어!"

　녀석이 대답했지.

"어떻게?"

"몰라. 지금 그게 중요해? 빨리 학교로 달려와. 장례식장 가야 하니까 옷 얌전하게 입고."

내게는 그게 중요했어. 박 교수가 어떻게 죽었는지 너무 알고 싶었거든. 내 궁금증은 장례식장에 가서 풀렸어. 거기엔 망자에 대한 여러 정보가 떠돌잖아. 여기저기서 수군대는 말들을 엿들을 수 있었지.

박 교수는 연구실에서 발견됐대. 사인은 심장마비. 경악한 표정으로 눈을 부릅뜬 채 입은 크게 벌리고 있었대. 그 모습이 너무 섬뜩하고 기괴해서 처음 발견한 조교가 혼절할 정도였다고 하더라. 사람들은 그 건강하던 박 교수가 갑자기 심장마비로 죽다니, 세상 참 모른다고…… 무섭다고들 말했어.

나는 그런 말들을 들으며 육개장을
먹었어. 장례식장에 있는 사람들 모두 박
교수가 왜 죽었는지 몰랐지. 하지만 나는 알고
있었어. 심지어 박 교수가 뭘 보고 심장마비를
일으켰는지도 나는, 알았어. 그래서 그랬던가
봐. 웃음이 터졌던 건. 도저히 참을 수
없었거든.

"야! 너 미쳤어?"

친구 녀석이 황당하다는 얼굴로, 그리고
당황한 얼굴로 내게 말했어. 그래도 나는
웃음을 멈출 수가 없었어.

<u>흐흐흐.</u>

지금 생각해도 웃음이 나오네.

나는 어깨까지 들썩이며 웃었고 곧 옆
테이블 사람들까지 수군거리기 시작했지.
친구는 벌떡 일어나 나한테 다가왔어.
그러고는 내 등을 때리며 실없는 소리를 했지.

"아이고, 얘가 너무 충격을 받았나 봐요."

결국 나는 동기들 손에 반쯤 끌려서 장례식장을 나갔어. 그때까지도 난 계속 키득거렸던 것 같아. 한번 걸린 웃음 시동이 잦아들고 진정하기까지는 꽤 오랜 시간이 필요했어. 동기들은 나를 향해 욕을 한 바가지 퍼부었지.

"이 미친놈아! 아무리 그래도 장례식장에서 웃으면 어떡해?"

"박 교수 그 인간이 아무리 쓰레기라도 사람이 죽었는데 웃는 넌 뭐야? 어휴, 이 새끼."

아무 말도 안 했어, 난. 그냥 듣고만 있었어. 조금이라도 입을 열면 또 웃음이 터질 것만 같았거든.

사건은 그렇게 마무리됐어. 박 교수는 죽었고 내 지도교수는 다른 사람으로

바뀌었어. 나는 조교가 됐고, 그다음은
네가 아는 대로야. 난 여전히 대학원생이고
지루하기 짝이 없는 논문을 쓰고 있지. 이렇게
너희 집에 반은 빌붙어 살면서 말이야.

참! 그 이후 최 씨를 만나진 못했어.
내가 노숙자 쉼터에 다시 나가지 않았거든.
조교가 되는 바람에 시간이 없기도 했고, 왠지
최 씨를 다시 볼 용기가 안 생기기도 했어.
가만…… 용기라기보다는 엄두가 맞겠다.
엄두가 안 났어. 그런 무시무시한 저주를
알고 아무렇지 않게 사용하는 최 씨는 도대체
누구일까? 내내 그 의문이 떠나지 않았지만
꾹 눌러 삼켰지.

이제 이야기는 거의 마지막이야.

어쩌면 지금부터가 중요할지도 모르겠다.
그러니 잘 들어.

그 이후 주인공은 행복하게 잘 살았습니다,

이렇게 끝나버리면 그건 무서운 이야기가 아니겠지. 너라면 더 잘 알 테니 덧붙이진 않을게.

기억하지?

그것이 내 중요한 부분도 가져갈 거라고 최 씨가 했던 말.

그 말 역시 진짜였어. 난 그날 이후 잠을 못 자게 됐어. 아무리 피곤해도 졸듯이 잠깐 눈을 붙였다가 깨. 내가 너보다 항상 늦게 자고, 또 일찍 일어나 있는 건 그런 이유 때문이야. 하루에 두 시간 정도면 많이 잔 날이라 말할 수 있을 정도야. 잠들지 못하는 건 다름 아닌 악몽 때문이고.

잠들면 난 악몽을 꿔. 그 꿈속에서 나는 학교 건물 복도를 걷고 있지.

찌이익.

찌이익.

그런 소리를 내면서. 또,

스스스.

스스스.

그런 소리도 내면서.

직접 내 모습을 볼 순 없지만 그것과 닮아 있다는 건 아무리 꿈이라도 짐작할 수 있어. 아니다, 닮은 게 아니라 꿈에서만은 내가 바로 그것이야.

찌이익, 찌이익, 스스스.

나는 박 교수의 연구실로 들어가지. 박 교수는 놀란 표정으로 나를 봐. 비명도 못 지르고 입만 헤벌린 채. 그런 박 교수에게 다가간 나는 그자의 가슴에 손을 찔러 넣지. 그러면 물컹 하고 심장이 잡히는 거야. 그 느낌이 너무나 생생해. 마치 한번 그랬던 적이 있는 것처럼. 내가 심장을 터트릴 듯 쥐고 있는 동안 박 교수는 점차 움직임을 멈추고…… 죽어. 박 교수가 최후의 순간에 내뱉는 더운 숨이 겉으로 드러난 내 살에 닿는 감촉까지, 모든 게 진짜 같아.

그리고 난 어김없이 식은땀을 흘리며 깨는 거야.

자지 못한다는 건 말이야, 지옥 같아.

그래서 난 매일매일 지옥에서 살아가지.

하지만 후회하지는 않아. 혹 시간을 되돌릴 수 있다면, 그래서 최 씨가 다시 묻는 경우를 맞이하게 된다 해도 나는 같은 결정을 내릴 거야. 살의라는 게, 앙심이라는 게 얼마나 사소한 일에서 싹트는지 너도 잘 알겠지? 그리고 그렇게 한번 싹을 틔운 원한은 걷잡을 수 없이 자라나 내면을 잠식해나간다는 걸, 너도 알 거야. 그러니 됐어. 그 앙심을 채울 수 있었다는 것만으로도 나는 만족해.

<u>흐흐흐.</u>

이렇게 웃을 수 있어.

<u>흐흐흐.</u>

K의 웃음이 참 낯설게 들렸다. 그러고
보니 K가 소리 내 웃는 걸 본 적이 없는
것도 같았다. K는 또 가만히 있었다. 아직
할 이야기가 남은 것도 같은데 잠시 숨을
고르는 것처럼도 보였다. 나는 재빨리 물었다.
이야기를 듣는 내내 너무 궁금해서 도저히
참을 수 없었으니까.

"그런데 그 이야기를 왜 지금 나한테 하는
거야?"

내 질문을 들은 K는 빙긋 웃었다.
그러고는 툭 한마디를 했다.

오늘 아침에 최 씨를 다시 만났거든.

"뭐? 어디서?"

목소리가 커졌다. 나도 모르게 긴장했는지
목뒤가 뻣뻣했다. K는 머리를 긁적이며
말했다. 기이할 정도로 무심한 말투로.

중요한 건 그게 아니잖아. 길을 걷다가
아주 우연히 마주쳤어. 최 씨는 더 늙고
꾀죄죄해졌지만 그래도 옛날과 별반 다르지
않았어. 나는 최 씨에게 또 설렁탕을 사
줬지. 이 여름에도 최 씨는 옷을 겹겹이 입고
있었어. 그 상태로 설렁탕을 먹으면서도 땀 한
방울 안 흘리더라. 몇 해 전 그때도 그랬던 것
같아, 그러고 보니.

최 씨는 설렁탕을 먹으며 내게 말했지.
마치 날 처음 보기라도 한 것처럼.

"보답을 하고 싶은데……."

그 말을 듣자, 아니 멀리서 최 씨를
보자마자 난 네 생각을 했어. 네 고민을
어쩌면 내가 해결해줄 수도 있겠구나 싶었지.

자, 그래서 받아 왔어.

이 종이에 그 김 팀장이라는 사람의
이름과 생년월일을 쓰면 돼. 그리고 이걸로
손톱을 깎아서 올려놓고.

물론, 네가 원한다면 말이야.

그럼 난 샤워를 한 번 더 하고 올게.

더운 여름밤 시원한 물줄기 아래에 서는
것보다 더 상쾌한 일이 뭔지 아니? 그건
앙심을 해소하는 거야.

나는…… 네가 평안해졌으면 좋겠다.

진심이야.

K는 내 앞에 꼬깃꼬깃 접은 노란색

종이와 볼펜, 그리고 손톱깎이를 두고
화장실로 향했다. 나는 꼼짝도 못 한 채 앉아
있었다. 바람 부는 소리도, 선풍기의 신음도
들리지 않았다. 모든 소리가 차단된 우주
공간 속에 들어온 것 같았다. 모든 게 다 둥둥
떠다니는 곳. 그랬기에 내 마음을 비집고 나온
앙심이 꽃처럼 활짝 피어 두둥실 떠오르는
모습이, 똑똑히 보였다.

"어떻게 할까?"

분명히 그렇게 중얼거렸지만 그 소리도
들리지 않았다. 나는 오래오래 종이를
내려다봤다. 더불어 K의 샤워도 길어지고
있었다.

작가의 말

한 번쯤 앙심을 품었던 모든 이들에게

'앙심(怏心)'의 사전적 의미는 '원한을 품고 앙갚음하려고 벼르는 마음'입니다. 여기서 '원망하다'는 뜻의 '앙(怏)'을 자세히 보면 '마음 심(心)'과 '가운데 앙(央)'이 합쳐진 걸 알 수 있습니다. 어쩌면 원망이라는 감정은 마음의 가운데에 맺힐 정도로 강력하고 거대한 걸지도 모르겠네요.

살면서 한 번쯤 누군가를 원망해보지

않았던 사람은 없으리라 생각합니다.

원망하는 마음이란 사실 아주 사소한 일에서
출발하는 경우가 많으니까요. 다만 시간이
지나며 그 원망이 흐려지니 다행이지요.
그럼에도 어떤 원망은 더욱 깊고 짙어집니다.
최소한의 이해조차 모두 날아가버린 마음속에
원망만이 앙금처럼 쌓이고 쌓인 상태를
'앙심을 품었다'라고 할 수 있을 겁니다.

저는 이 앙심이 얼마나 무서운 감정인지,
그리고 어떤 결과를 낳게 되는지를 섬뜩한
이야기를 통해 보여드리고 싶었습니다.
앙갚음에 성공하기 위해서는 자신도 반드시
대가를 치르게 되죠. 그것이 바로 저주의
법칙이요, 등가교환의 법칙이라 할 수
있습니다.

결국 가장 좋은 방법은 앙심을 풀고
상대방을 용서하거나 이해하는 건데 그게

마음대로 된다면 세상은 지금보다 훨씬
평화로웠겠죠. 당신이 이 글을 읽는 지금 이
순간에도 누군가는 앙심을 품고 상대방을
저주하고 있을지 모릅니다. 그 저주의 대상,
앙갚음의 대상이 내가 될 수도 있다는 생각을
하면 등골이 서늘해지곤 합니다.

　　그럼에도 누군가에게 품은 앙심
때문에 너무나 괴로운 이가 있다면 제게
슬쩍 연락해주세요. 당신에게만 특별히
'무고(巫蠱)'의 방법을 알려드리겠습니다.
대신에 어떤 끔찍한 존재가 나타난다 해도
그건 제 책임이 아닙니다. 아무쪼록 당신이
앙심을 풀기 바랍니다, 진심으로.

　　　　　　　2023년 여름, 폭염의 한가운데서
　　　　　　　　　　　　　　　전건우

wefic - 23

양심

초판 1쇄 인쇄 2023년 7월 21일
초판 1쇄 발행 2023년 8월 9일

지은이 전건우
펴낸이 이승현

출판2 본부장 박태근
스토리 독자 팀장 김소연
편집 강소영 곽선희 김해지 이은정 조은혜
디자인 이세호

펴낸곳 ㈜위즈덤하우스   **출판등록** 2000년 5월 23일 제13-1071호
주소 서울특별시 마포구 양화로 19 합정오피스빌딩 17층
전화 02) 2179-5600   **홈페이지** www.wisdomhouse.co.kr

ISBN 979-11-6812-723-4 04810
       979-11-6812-700-5 (세트)

값 13,000원